한사코 아득한

박영희 시집

한사코 아득한

달아실 기획시집
09

달아실

시인의 말

외롭다, 섬처럼
마음과 몸을 의탁한
시공時空에서
낯가림에 둘러싸여

눈물겹다, 학처럼
반복되는 사역使役
황제 같기도 거지 같기도

그럴싸하지 못한
어제, 오늘을 걸머지고
내일까지 탐貪하는.

2020년 겨울 초입에
박영희

차례

한
사
코
아
득
한

2부. 참 그리운 나

4부.해질녁은 눈물이다

1부

나는 누구인가

나는 누구인가

유년의 토방에서, 혼자 소꿉놀이하다 사금파리 조각에
베이던 순간 빙글거리는 햇살과 유일한 장난감에
느꼈던 배신감 아직도 여린 쓰라림이다
사춘기 시절, 맞받아쳐줄 반사 벽이 없어
변변히 반항도 못 해보고 웃자라버린 영악성이
스스로 가여운 내밀한 쓸쓸함이다
빛 부신 청춘, 이었노라고 우쭐거릴 수 없는
올라가기 힘든 나무에 사다리도 걸쳐보지 못한 앙금
이따금 신물이 되어 오르내리는 울렁임이다
유치한 채로 사람살이의 진실이 담긴
유행가 가사처럼, 어느 곳에서 어떻게 살고 있는지
챙겨줄 "살뜰한 당신" 하나 숨겨놓지 못한 숙맥이다
남들보다 잘 달리지도 못하고, 이쯤에서 문득 뒤돌아
보니
이쪽저쪽 감당해야 할 책임만 잔뜩 걸머진 채
오도 가도 못 하는 노을빛 아득함이다
때때로 일탈을 꿈꾸며 나른하게 울어보고 싶어도
눈물샘마저 마르는 건조한 나이를 살고 있고, 살아내야
하는

언제 끝날지 모르는 터널에 갇힌, 울어지지 않는 울음
이다.

가끔은 응석을 부리고 싶을 때가 있다

매화, 그 서늘한 단심을
가만가만 불러내고

난초, 그 아찔한 향기
조심조심 훔쳐보며

국화, 그 눈부신 열정을
송이송이 다독이고

대나무, 그 깊숙한 흔들림을
마디마디 버거워하며

사계절의 무상을
창 안에 '줌인'하면서
소도시의 변방인으로
그저 살아내고 있습니다
아버지 천상에서도 굽어보고 계시나요?
지상의 한 점에 지나지 않을 딸의 안간힘을.

깊은 잠 누리고 싶어

수면유도제 몇 알에
불면의 시간을 위탁한다

언감생심, 깊은 잠을
탐하진 못하여도

오롯이
내 안의 나에게만
잠길 수 있기를……

나는 왜

티슈페이퍼를
반으로 접어 갈라 쓰고
택배 박스에 붙은
스티커를 끝까지 떼어내며
쓰레기 분리배출에
골머리를 썩이는지

맥락이 닿지 않는 드라마를
보다가도 젖어드는 눈시울
다큐멘터리를 보면서
괜스레 또 열을 받고
하다하다
사물에까지 존칭을 사용하는
어이없음에 기가 차고

아무도 알아주지 않는데
혼자 열받고 혼자 삭인다.

내 둘레엔

중급의 근시 안경
태블릿 PC, 휴대폰, 컴퓨터
국어사전, 서너 권의 시집
서도대자전, 도록 두어 권
그리고 종이 신문들
어수선하기도 하지
그러기에
뇌파측정(MRI) 결과 가운데
두뇌 스트레스 엄청 높음
집중도 매우 낮음이라고.

묵묵히 가꾸는

무심히 넘겨보던
문인화文人畵 도록 속에
부끄러운 실력으로
지그시 숨어 있던

화들짝
아침을 깨우는
나팔꽃 함박웃음

억새처럼 흔들리고
푸르른 하늘 우러르고
날마다 숙제 풀 듯
자란자란 지켜가며

한 生의
뒤란을 가꾸는
겨운 사랑, 한사코.

살긴 살지요

향 좋은 먹을 갈아
사군자를 치고
나무를 그리고, 바위를 앉히고
아, 오늘은
추상화 같은 금문체 임서臨書도 했어

잠시 잠깐

화석이 되어버린, 그리운 순간들
순서 없이 달려들어
피어오르는 가락에 솟구치고, 가라앉고
나른히 원맨쇼가 끝나면

혼곤하게 하루가 잦아들지.

어느 하루

빗줄기가 자분자분
자꾸만 감겨드는 날

오랜만에 먹을 갈아
난蘭을 치고 글을 써보니

은근슬쩍 파고드는
묵향에 흔들리고

화선지에 번져 오르는
내 안의 이슬방울들

앙금으로 가라앉은
시간 속 혼자 부끄러운.

바람

요지부동으로 가부좌 튼 육신
여전히 정좌하지 못하는
마음 한가운데
스멀스멀 피어나는 진땀
감질나는 선풍기 바람도
에어컨의 호기로운 냉기도
소용없다

평생 올려다본 산봉우리
아득히 어지러웠던 계곡을
돌고 돌아 나오며
색색으로 풀리는 바람의
시간과 긴 침묵
그래 그립다, 그 바람

덧없이 흐른 행서체의 청춘

어느 페이지에 아로새겨진
막무가내로 파고들던
당신, 그 돌개바람이 그립다.

얼뜬 사랑

이른 새벽
풀잎에 노니는 싱싱한 이슬 만나고

한낮의
숨가쁜 지열 달래는 소나기에 섞이며

해질녘
두런두런 일렁이는 강물에 젖는다

경이로운 생명으로 세상에 와
희로애락의 소용돌이 속에서
살고, 살아야 했고, 살아냈기에

지금 이 자리
고른 숨으로 감히 내일을 소망하며
사랑하리라, 얼뜬 자신만이라도.

휘감기다

오랜만에 들어보는
케니 로저스의 "레이디"

오차 없이 휘감겨오는
축축한 저 목소리

어떻게
떨쳐버리나
한 페이지의 눈물을.

오늘 하루

당신은 잘 견뎌냈습니다

세상 만물이
눈을 떠야 하는, 시각에 일어나
어제의 꿈결에 휘말리지 않고
아침 밥상을 제대로 차리고
구석구석, 청소기를 윙윙 돌려
잔뜩 웅크린 먼지를 털어내고
행진곡을 틀어놓고, 한바탕 빨래를 해치우고
아랫배를 끌어당기며 빠른 걸음으로 외출을 하고
내키지 않는 상대가 내미는 손도 덥석 잡아 흔들고
오랜만에 만난 친구의, 그간의 얘기 진지하게 들어주고
어느 사이에 떠밀린, 나이의 쓸쓸함도 함께 나누고
모두의 발걸음이 보금자리를 향하는 제때, 귀가를 하고
냉기 가득한 집 안에 스위치를 전부 올려 불을 밝히고
아침에 남긴 밥에 물을 말아, 혼자서도 달게 먹고
시답잖은 TV 연속극도 챙겨 보며 낄낄거리고
그만 잠자리에 들려다, 다시 일어나
새해부터 새로 시작한 일기를 쓰려는데

아, 쓸 말이 없네요, 오늘 하루 잠념 끼어들지 않게
부지런히 움직였는데
남들처럼 열심을 내어 사느라고 살았는데
그런데 왜, 쓸 얘깃거리가 없는 걸까요?
왜, 오늘 날짜의 아득한 여백에 붙들려
안식의 잠에 들지 못하나요? 씩씩한 당신, 아니
어쩌면 조금 모자랄지도 모르는 당신.

오늘도

낮은 굽 찾아 신고
길 위에 또 나서다
앞서거니 뒤서거니
섞이는 걸음걸음

쓰이다
남겨진 하루
그림자 속 맴도는

어제도 그러했고
오늘도 그러그러한
나의 미쁜 역사 속
조그마한 몸짓도

양각의
외로움으로
조심조심 새겨질지

누군가의 등판에

넘실대는 저 노을
제 자리 멈칫대는
바람 속에 머무르며

행간에
숨기지 못한
속내는 어찌하나.

끝끝내 길어 올리지 못한

도르래가
퍼 올리지 못하는 깊은 물에
충실하게 박혀 있는

맥도 모르고 들끓어대던 젊은 피도
혼돈의 소용돌이에 휘말리다
누덕누덕 기워 마무리했던 갱년기도
심드렁한 세월 속
멀어지는 그리움을 다독이며
사방팔방을 돌고 돌아서
안락한 화평의 가면으로
주위를 향해 나를 향해
그저 웃고 또 웃지
다른 사람들도 다 비슷하다고
그래야 지켜지는 체면
나란한 둘레에 안심하며

남다르게 타고난 재주도
번쩍번쩍 휘감은 학벌도

때로 무기가 되기도 하는
노련한 경력도 없이
한 생애 가까운 지금까지
잘 살아 왔노라고
들숨 날숨 고르게 다스리며

끝끝내 길어 올리지 못한
정체성은 무엇.

춘천 별곡

흐드러진 꽃 사이
숨 가쁘던 봄날도 가고
불한당 같은 여름이 들이닥쳤다

떠나야지 떠나야지
공염불 40여 년 세월이 마냥
꽃 피는 봄과 고즈넉한 냇가일 것만 같았던
춘천에서 내 생애 절반 이상이 흘러갔네

너덜너덜해진 이야기 타래라도 마주앉아 나눌
이웃 하나 만들어놓지 못한 채
내 식구의 밥만 고슬고슬하게 지으려고 애썼지

타향 그 목마름에 겹겹이 빗장 건 가슴으로
서걱거리는 대숲을 키우며 살아왔어
가끔 그 숲을 흔드는 미풍에도 흔들리고
가을빛 자욱한 가로수 아래 주저앉기도
그렇게 청춘의 갈피에 새겨져 있을
유채색의 눈물도 느꺼워하고

이제 깊숙이 가라앉은 앙금들을

유별난 춘천의 쓰레기 분리배출 방식처럼
태울 것 묻을 것 따로 묶어 내놓으며
여름 한철 맨살도 슬쩍슬쩍 보이며
춘천의 일상을 살아내야지, 또.

춘천에 살지요

금요일이면 전철을 타고 서울에 오르락내리락
전에 가보지 못한 길, 서예의 길을 찾아서
부단한 연습을 쌓는 것만이 최선의 방법이란다
숱한 파지를 내며 되풀이되는 그 답습이
예술일까, 회의하면서도 중독성 있는 작업에
육신의 에너지를 쏟아붓고 정신을 담금질하며
하루를 소진한다

그렁그렁 살아온 세월 40여 년
세월 무서운 줄 모르고, 밥만 지으며 살았고
타향살이 외로움이 얼마나 잔인한 줄 모르고
겁도 없이, 진정한 친구도 없이

인간의 정서가 시간과 비례해서 낡아가는 건 아니겠지만
이젠 할머니도 중견 할머니가 되어
제 엄마와 마주 선 중학생 손자의 사춘기를 염려하고
지점장으로 승진한 아들의 제품 판매 목표량이 원망스
럽고
아, 춘천은 유별나게도 쓰레기봉투도 소각용, 매립용으로

구분해서 몇 십 년 차 주부도 헷갈리게 만드는
그렇게 소소한 일상의 부대낌도 고마워하고
그래도 아직은 가끔씩, 뜬금없이 불거져 나오는
유채색의 그리움도 함께 앓으며, 춘천을 살아낼 겁니다.

2부

참
그
리
운
나

참 그리운 나 1

스르르 풀려나온
새벽잠의 끄트머리

어제의 불협화음
오늘의 두려움을

다독여
다시 단잠 속으로
가라앉고 싶어라.

참 그리운 나 2

서랍을 뒤집었어
숱한 어제가 엉크러졌네

손을 쓸 수가 없어
도망가고 싶어

있을까
나를 내일로
탈출시켜줄 그 누군가.

참 그리운 나 3

어느 틈에 들이닥친
갱년기의 소용돌이

대책 없이 흩날리는
세월의 부스러기

두어라
대차대조표
대변의 공허함은.

참 그리운 나 4

그토록 많은 어제
나는 무엇을 했을까

영수증도 없고
그저 아리송함 뿐

어떡해
까마득하기만 한
내 영혼의 주소.

참 그리운 나 5

집을 나섰어요, 휴대폰을
두고 나왔네요

다시 들어가서
후다닥 가져왔지요

아뿔싸
열쇠를 두고
문을 쾅 닫아버렸군요.

참 그리운 나 6

영생이란 꿈
꾸지도 않지요

찰나의 한 점
기쁨만이라도

부처님
당신을 향한
합장 속에서만 가능한지요.

참 그리운 나 7

몽유병자처럼 사랑에
끌려 헤매다

울보처럼 눈물을
되새김질하다 지쳤어요

하나님
어떡하지요 당신의
사랑마저 놓고 싶은.

참 그리운 나 8

훈훈한 비와 바람이
오죽이나 그리웠을까

한 점 바람에 꿈을 매달고
빗줄기 한가락에 가슴을 열고

한 송이
매화, 그 시린 미소가
밝히는 어둠 한 모퉁이.

한사코 아득한 1

3평도 채 안 되는

한 영혼의 울림 방

신평재新平齋*라 이름하는

시행착오의 산실은

느꺼운

절망의 공간

내가 나를 헤집는.

* 新平齋 : 본인의 당호.

한사코 아득한 2

가을을 견디느라

자꾸만 거닐었네

제자리 맴돌면서

씨름하던 순간들

누군가

걷고 걸었던

시간 위의 그 길을.

한사코 아득한 3

계절은 깊어가고

깊을수록 허허로운

당신의 가슴패기

가슴속의 날갯짓

아무도

그 어떤 이도

알 수 없는 속울음.

한사코 아득한 4

난蘭 향기 수줍게 번지는

어스름한 공간으로

누군가 불러들여

나누고픈 이 고요함

두어라

그냥 그대로

아껴두는 적막인 채.

한사코 아득한 5

누가 뭐래도 그리운

아무래도 그리워지는

그것은 어제의 환상

아니고 오늘의 눈물

교차로

그 회전에서

멈춰버린 혼돈인가.

한사코 아득한 6

새벽을 걷는다

이슬을 털고 일어나는

풀잎, 쓰다듬으며 지나가는

바람의 가만한 미소

우주가 온통 내 것만 같은

찰나, 온몸의 잔털 끝에

오소소 모이는 소름

가없는 삶의 카오스여.

한사코 아득한 7

그리움을 그리움이라

쓰지 않아야 품격 있다고

빙빙 에두르지만

끝내 숨겨지지 않는

민낯의

애잔함으로

파고드는 그리움도 있어.

한사코 아득한 8

가을을 마중한다고

모두가 시끌벅적

가로수의 가을빛은

그 자리에 의연한데

뻘쭘한

나의 시간은

어디쯤을 헤매나.

한사코 아득한 9

한 단어 한 문장을

제자리 앉히려고

수시로 사전 헤집어

온 정신을 모으고도

끝끝내

찾지 못하는

야속한 외사랑.

한사코 아득한 10

서름 서름 가는 길에

우수수 날리는 낙엽

밟히는 잎새 위로

머물다 떠나는 햇살

한 생애

끝자락 안에

담겨지는 저 깊이.

3부

그리움 너를 용서하마

각刻

그대의 무의식에

숨어들어

각刻을 하고 싶다

그 딴딴한 가슴패기에

몽夢이라는

돋을새김으로

징글징글한 그리움

빠각빠각 긁어내고 싶다.

그냥 손 잡아주는

자지러지는 꽃의 비명 속에서
느닷없는 천둥 번개의 전율 속에서
몽환적인 단풍의 밀어 속에서
무심한 설야의 침묵 속에서

아무런 까탈도, 따짐도 없는
그 어떤 나무람도 하지 않는
그냥, 손 잡아주는
무조건 내 편인 사람
그런 사람, 하나 갖고 싶습니다.

거기, 누구

밤이면 부스러기 잠으로
시간을 도막내고 자신을 허물다가

180도 푸른 등으로 아침을 세우며
희망 같은 걸 불러내, 와자해지기도 했소

슬그머니 보채는 한나절의 속 쓰림을
동류항의 갈증에 비벼 다스려보기도 하며

하루의 허기가 자우룩이 깔리는
어스름 저녁, 각도를 잃은 등
곁을 부축해줄 누구.

그리움 너를 용서하마

시간의 마디마디
얽어매는 너를 버텨내고

아무렇지 않은 얼굴로
너와 마주 서기 위해

안개 속 그 아득함에
수시로 투신했다

탄소, 수소, 질소, 염소, 등등
각각의 원소로 환원하려는

육체와 영혼의
분열을 막아주어

오늘을 살게 해주는
그리움, 너를 용서하마.

꽃

꽃을 피우기 위해
너는 울었다

꽃으로 남기 위해
너는 또 울어야 했다

꽃답게 스러지기 위해
너의 울음은 계속되어야 한다.

느껴 울다

꿈이 꿈에 체하고

욕망이 욕망에 멀미하고

눈물이 눈물에 번지고

가슴이 가슴에 젖고

당신은 당신에게 쫓기고

나는 나에게 해부당하는.

억새

뼈마디 나른하게
통곡도 못 해본 채

자리를 거둬들이는
가을을 앞세우고

간간이
흐느끼는
당신이 계셨군요.

데스매치

경우의 수를 다 빼고 치르는
너와 나의 한판 승부
기량 반, 운 반
가끔 사심을 슬쩍 얹은
잔인한 평가를 덤으로 받아들고
깨끗한 항복인 척
웃으며 퇴장하게 만드는
세상 모든 생존 겨루기

운명과의 단판 승부를 한다.

모놀로그 1
— 그곳엔 당신이계십니다

겨우 몇 명의 신도를 앞에 놓고도
부처님의 설법처럼, 듣는 사람의 수준에 맞춰
열강을 하시는 우리 스님의 법문에 반해서 찾아들었을까
휘파람새 한 마리가 '조수미' 버금가게 신명을 풀어놓
는다
공양도 끝나고 절 안의 잡풀까지도 정靜에 든
작은 마당에, 느닷없이 나타난 실뱀과 맞닥뜨린
섬뜩한 순간, 나도 모르게 불쑥 튀어나온 한 마디
"아, 징그러워" 마침 옆을 지나시던 노스님의
한 말씀 "뱀도 사람이 징그럽댜"
모든 생물을 상대로는 역지사지易地思之해야 하는 거지
이런 깨우침이라니, 싱싱한 기쁨에 잠겨 있는데
집게와 양동이를 들고 조용히 나타나
방생放生한다며 아무렇지도 않게 뱀을 다루는 젊은 스님
독송할 때의 당당함으로 미루어 남자로 착각했던
노스님이 출타하시면, 산속의 절을 혼자 지키고
가난한 절 살림을 꾸려가는, 씩씩하고 살뜰한 비구니
스님
〉

자신의 날刀에 수시로 베이는 자신을
견디다 못해, 어느 날 찾아든 작은 산사山寺
작지만 묘한 기氣를 감추고 있는 듯, 조금 두려운 곳
계戒와 속俗 사이에서 자유로우신 스님이 계시는 곳
힘들게 찾아와, 무릎의 통증 달래가며 자꾸자꾸 절하면
잡풀처럼 질긴 자신의 연민憐憫에서 풀려날 수 있을까요
이쯤을 살아내고도, 여전히 버거운 인연은 어찌 하나요
무심을 되뇌며, 조금도 무심해지지 않는 이 마음은
또, 어떻게 다스려야 하는 것인지요, 스님.

괜찮다

구름 가고
물 흐르듯

자연의 순리에, 세월의 리듬에
발맞추지 못해
가뜩이나 생채기 많은
영혼이 또, 울고 있구나

박제된 욕망의 산승도 아니고
들숨, 날숨이 고르게 살아 있거늘
춤추는 욕심에, 어찌 흔들리지 않을 수 있는가

스스로 원해서 받은 목숨은 아니어도
현란한 시행착오 되풀이하며
오늘, 이 자리에 있게 됨을 고마워해야지
어스름 해질녘
가볍고도 무거운 몸, 둥글게 말아
웅숭크리고 있을 때면
뭉클, 그리워지는 주름 깊은 아버지의 손길

이제는 곁에 계시지 않아, 아무런 말씀 들을 순 없지만
버거운 세상살이, 이쯤 살아낸
초로의 딸에게, 천상에서라도 이렇게 말씀하시지 않을까

괜찮다, 괜찮아
다 괜찮다.

붙박이 장

외로움 타는 아이처럼
구석에 처박힌 오래된 장롱
한때는 장인匠人의 손길로
완성되었을 기품을 지켜주기 위해
음각에 낀 먼지, 외로움
수시로 닦아준다
앉은 자리 그 한계를 맴도는
나 자신 같기도 해서

이쯤을 살아내고도
아직도 둘레의 허전함에 오싹해지고
누군가의 따뜻함이 그리워지는
내 가슴의 저린 골은 어찌하나
이젠 무조건 내 편이 되어주시던
울 엄마의 맹목적인 사랑도 없는데

오늘 따라 서창에 비껴든
햇살 아래 혈색이 도는 옛날 옷장.

엄마

배추를 다듬는데 어머니가 곁으로 오시며
김치 담그려고? 응, 엄마
내가 해줄게, 아니 아니요 엄마
가벼운 치매를 앓고 계시는 어머니는
지금도 뭐든 할 수 있다 하시지
"10년만 젊다면"을 자주 읊조리며 사는데
정말이지 10년 세월을 뒤돌려서
어머니가 전처럼 건강하게 도와줄 수 있다면
얼마나 좋을까
여리여리한 맏딸을 위해
건강하고 젊은 엄마는 된장 고추장 등을
늘 책임지셨는데
아, 어떡해 우리 엄마
이제 아흔다섯 살 아기가 되어버렸어

서녘 하늘 물들이는 저 노을 무심함.

기죽지 마

저무는 햇살이 슬쩍 던져놓고 간
머릿결에 돋보인 흰 머리칼 몇 올

안으로는
사춘기를 훈장처럼 달고 다니는
아이들, 그 가관을 견뎌내고

밖에선
전쟁 같은 밥벌이
- 자아실현 따윈 꿈도 못 꿔 -
자신을 경쟁력 있는 상품으로
어필하지 못하면 낙오되고 마는

사십 대를 불혹이라고?
천만에, 인생에서
가장 역동적이고 가장 버라이어티한
정신과 육신의 균형을 다잡으며
천지간에 홀로 유영하는 외로움
〉

기죽지 마, 아들

세상에 값진 것은 자기 자신
오로지 너 자신을 쓰담쓰담해야지

엄마의 도마 소리

책가방 던져놓고
얼핏 든 풋잠 속에, 파고드는
엄마의 도마 소리

조그만 가시내의
초경처럼, 비밀스런 슬픔을
조곤조곤 다독이고
오랜 시간 바람 되어
들고 나는, 젊은 남편의
부재에 눈물 숨겨온 엄마, 자신의
낮아진 마음을 어루만져주듯

가만 가만 익숙한 리듬으로
혼곤한 초저녁잠을
감싸 안아주는, 내 어린 날
쌉싸래하고 달큼한
추억 한 도막, 이 나이에도
까닭 모르는 외로움에 잠길 때면
혼자 가만히 안겨보는 온전한 사랑.

오후

바람길 자유로운
옥상에, 바지랑대 받쳐
이부자리를 털어 널고

무심히 올려다본 하늘은
어쩌자고, 저리 예쁘기만 한가

내가 건너온 세월
내가 견디는 세상은 요지경

둘레와 나눠지지 않는 마음으로
시간 깊숙이 들어와버린 오늘

누군가의 마음에 기대고 싶어지는.

트롯 가수 장민호氏

오래전 손놓아버린
인물화 데생의 의욕을 다시 불러일으킨

잘 맞아떨어진 얼굴 비율
그중에 무한한 깊이를 간직한 눈
당당한 키, 더하여 갈색의 근육

인생의 희로애락을 골고루 겪어온
쓸쓸한 연륜으로, 허스키한 음색으로
모란이 동백이를 가만가만 풀어나갈 때

자신이 아끼는 꼬마와 데스매치 짝이
정해지는 순간 "이 아이가 너무 귀여워서
이기겠단 생각조차 하기 싫다"고 하더니만
패하고도, 다시 품어 안고 퇴장하던
아름다운 그 모습

한참이나 퇴색한 나이의
고갈된 감성을 설렘으로 두드려준
〉

장공長空을 나는飛 알바트로스가 되고
아우토반을 달리는 명차가 되기를
정갈한 마음으로 응원합니다

그가 부른 '홍연'을 다시 듣기 하며.

4부

해질녘은 눈물이다

2020년의 풍경

거리에서 마주치는
하양, 깜장, 꽃무늬 마스크
바이러스 하나로 세상을 바꾸어버린
코로나19의 현주소

마주 앉아 소곤대던 말맛이 그립고
세계를 넘나들며 호사 떨던 어제의 추억
영원히 만나보지 못할
내일에 속아 자꾸만 부지런히 살아내던
코로나19에 점령당하기 전
앞일을 모른 채 평화로웠지

언제쯤이면
순진한 세월과 동행할 수 있으려나
집단의 폭발력으로, 간절함으로
언감생심, 감히 빌어보자고요.

골목에 서다

게으른 골목길의
낮잠을 흔들어대던
아이들 웃음소리
슬금슬금 사라지고

그 적막
감싸 도는
저녁노을, 애잔해

나른한 골목길에
발걸음 왁자해지고
걸음걸음 반기던
창 너머 뭉클한 욕설

앞일을
보장 못 하는
안쓰러운 오늘살이.

대봉시

한창때 여인 젖가슴 같은
저, 아득한 절정

감당 안 되는 햇살의 포효
질서 잃은 바람의 윤무
모두 다 거두어 안아

수식이 필요 없는
이 가을, 가열차게 피어난

눈물인 것이다
그리움인 것이다

비울 것 비우고
가벼이 걷는 길
그, 홀로의 마음결 지키는

사랑인 것이다.

때로

비를 품은 구름이
하늘을 어슬렁거리고

낮게 깔리는 바람은
발걸음에 매달리고

저물녘
가슴을 관통하는
노을빛 겨운 울음.

미스터 트롯 탑 7

신선하고 웅숭깊은 목소리
경이로운 무지개 빛깔의 몸짓
그들은 섹시하다

그들은 아름답다, 젊음의 이글거림

세대를 넘나드는 감성을 파고들며
여러 가슴 무장 해제시키는 탑 세븐

우아하지만 난해한 클래식
한 편의 영화처럼 역동적인 뮤지컬
한순간 환상에 빠져들게 하는 발라드

모든 음악이 있어 삶이 풍요롭지만

인생의 희로애락을 직설적으로 주무르는
대중가요, 그 뭉클함 속에 우뚝 서버린
반듯한 그들이 써 내려가는
싱싱하고 아름다운 트롯의 역사.

산다는 것

산다는 것은
견딘다는 것일까
자신이 원치 않은 목숨이라도
허락받은 그날까지

꿈속까지 따라와, 서걱거리는 그 쓸쓸함을 견디고
절벽처럼 막아 선 안개 속, 그 오리무중을 견디고
느닷없는 한 떨기 사랑, 그 백팔번뇌까지 견디며

그중에 더욱 힘든 것은
스스로를 견디는 것, 스스로의
무게를 견디며, 견디며 그렇게 가는 것일까.

백양리역에서

오랜만에 찾아 나선
심심한 백양리역
미소 띤 입간판과
침목에 감긴 바람
지킴이
공무원의 열정만
햇살을 넘나든다

일행 중 누군가가
역장님 옷을 입고
깃발을 흔들어보는
쓸쓸한 퍼포먼스
발전이
휘몰아가는
간이역의 존재 가치

구석에 덩그러니
매달린 우편함에
자신에게 쓴 엽서를

슬쩍 넣고 기다리면

어느 날

설레는 선물로

안겨오는 기쁨이 된다고.

사군자四君子

매梅

잔설殘雪 밟고 오는
다사로운 계절 지키는
지조志操는 아름답다고
추켜세우지 말기를
세상의 외진
모퉁이 환히 밝히며
깊숙이 외로워지는
까닭을 누군들 알겠소.

난蘭

세월歲月 켜켜이 도사린
두려움 견디어내고
눈물겨운 자기애自己愛
목메게 끌어안으며
더러 더러 버거운

꽃을 토해내면서
남모르게
하늘을 우러르기도 했어.

국菊

그대를 위해, 나를 위해
오랜 시간 부대끼며
갈무리해온 향香이라오
새삼 자신의 발자국
살피며 깊어지는 시간
모두에게, 마침내
눈부신 향기를 드리다.

죽竹

수시로 불어닥치는

아찔한 바람 맞받으며
마디마디 안쓰러운
꿈으로 영글어가고
때로 곡선曲線의 아름다움
곁눈질하면서라도
올곧은 중심中心으로
한 세상 지키려오.

속삭임 또는

그리움 풀썩이며
시적시적 걸어보는
계절의 뒤란에
따라붙는 속삭임

곰삭은
묵은지처럼
속내를 갈무리하라고

사는 일 뒤적이며
수시로 흔들려도
바람이, 햇살이
골고루 나누어지는

싱싱한
오늘이 있어
솟아나는 기쁨이라고.

어둠이 내리면

스타카토로 이어지는 걸음걸음으로
싱싱하게 부풀어가던 아침을 딛고
삼삼오오 느슨하게 어우러진 정오의 포만도 잠시
해종일, 욕망의 프리즘 속에서 뛰놀다
지친, 제각각 공복의 시간 위로
자비로운 손길처럼 일몰은 찾아든다
심심하던 골목에 재채기 앞세우고 지그재그로 찍히던
와자함도 사라지고
설핏 설핏 빠져든 초저녁잠의 혼돈을 털고 일어나
누군가 혼자 차리는 밥상
고요한 허기 다독이며
서서히 깊어진 어둠이 내리면
오늘과 내일의 경계, 0시의 위장된 안식을 믿으며
숨어드는 패잔병
누군가의 안식은, 비로소
까만 벨벳의 풀리지 않는 슬픔 속으로 가라앉는다.

어떤 속삭임

그럴듯한 핑계로 게으름에 익숙해진 사이
창 너머 봄은 개나리를 앞세우고
비, 바람을 딸려 보내며
씩씩하게 행군 중이고

수채화처럼 편안하게 다가오는
진달래 살짝 살짝 피어나는 언덕 아래
느린 걸음으로 유모차를 밀고 가는
젊은 엄마의 싱싱한 사랑에 싸여
아가는 행복한 단잠에 안겨 있고

어쩌자고 봄날은, 다시 느긋한 미소로 돌아와서
조바심으로 뭉친 심신의 근육을 어루만지며
지금, 이 자리에 있을 수 있어서
이냥, 이대로의 모습으로도 족하지 않느냐고
네 살배기 외손녀의 귓속말처럼
엉뚱한 간지럼으로 속살거리는가.

줄장미

심심한 울타리
야전군처럼 장악하고
제각각의 소망을
줄줄이 풀어놓는다

지금 막
피어난 봉오리의
수줍은 꿈은 미지수

어느 사이 사춘기에
접어둔 여린 녀석
기세등등한 혼란의
소용돌이 빠져나와

제 자리
찾아가는 지혜로
성장하는 아름다움

꽃으로서의 한 생

치열하게 마감하고
이제는 서서히
정상에서 내려올 때

지는 꽃
그 처연함을
아낌없이 은애하자.

연적지에서

연못을 점령하고
침묵조차 아껴 쓰는
연꽃을 놀래키며
솟구치는 물고기들

먹이를
찾는 다람쥐
숨바꼭질 날쌔고

욕망을 분배하는
청춘의 함성 넘치고
산책길 휘적휘적
늙은이 무딘 걸음

시공의
한구석 지키는
저 시계가 두려운.

춘천 스케치 1

춘천에 오려거든
바람으로 오시오

남동풍도 아니고
북서풍도 아닌

나목裸木을
어루만지는
무심한 바람으로 오시지요

춘천을 떠날 때는
안개와 동행同行하시오

헤치며 다가갈수록
한사코 멀어지며

호수에
숨어 안기는
안개의 속삭임과 동행하시지요.

파문

바람은 소슬하고
햇살도 부드러워

아무런 일 일지 않고
남실남실 평온한

행간에
똬리를 트는
두려움의 그 속내.

해질녘은 눈물이다

그럴싸한 명분으로
힘껏 밀어올린 아침의 설렘도

중심을 잡으려고
한사코 용쓰던 한낮의 웃음기도

서서히 붉어오는 노을 앞에
그만 무릎 꿇는 하루의 끝탕

천둥벌거숭이 같던 젊은 날도
대책 없이 늙어버린 지금도

해질녘은 늪이다.

하릴없이

앞서거니 뒤서거니 제풀에 지친
계절을 가만가만 품어 안고
시치미 뚝 떼고 앉아 있는 고요
연못은 그렇게 하릴없다
홍련화 백련화
자신과 한창 열애 중인데
제 흥에 겨운 물고기
심심한 연잎의 질서 사이로
자꾸자꾸 튀어 올라
은근스런 미풍에 슬쩍슬쩍
흔들려주는 어린 연둣빛
오로지 한 열정으로
물오른 진초록의 설렘
수백 년 그 자리 지키고 선
잘생긴 고목의 너그러움

카오스 이론을 설명하다
갑자기 "그만 둡시다"라고 하던
어느 문인화 교수가 생각나는

5월의 그럴싸하지 못한 한낮
하릴없이 혼란스럽다.

입관

초겨울의 우울을 이고

아이가 잠 든 것처럼
천진스레
누워 있는 주검
남겨진 자의
회한만 공간을 흔들 뿐

개인의 역사 한 페이지
고단했던 마지막 페이지가
조용히 덮여지고 있다

수식어가 필요 없는 생生의 경계

울지 마라, 함부로.

삶은 질문을 통해 깊어진다

박제영(시인)

1

시가 무엇인가라는 질문을 대할 때면 "시가 곧 자신의 종교다"라고 고백하고 있는 이향지 시인이 시집 『내 눈앞의 전선』에 쓴 자서를 떠올리곤 한다. 자서에서 이향지 시인은 이렇게 말한다.

"시가 각(覺)이라고 생각하는 이들에게 내 시는 낯설어 보일 것이다. 시가 언(言)이라고 생각하는 이들에게 내 시는 미래로 보일 것이다. 나는 대답을 듣기 위해 시를 쓴 것은 아니다. 내 시는 질문이다. 얇디얇은 존재 하나를 뚫고 나오는 데 60년이 걸렸다. 겨울 해는 짧지만, 질문은 계속될 것이다. 시에 감사한다."

"내 시는 질문이다"라고 하는 이향지 시인의 말에 나는 전적으로 공감하고 동의한다. 둘러보면 수많은 전문가들이 저마다 자신의 지식을 내세워 개인의 고단한 삶을 진단하고 처방을 내리고 있다. 하지만 안타깝게도 여전히 개인들의 삶은 불안하고 초조하다. 그뿐이랴 세상엔 온통 거짓 선지자들로 넘쳐나고 거짓 예언들로 넘쳐난다. 섣부른 답은 대개 미봉책일 뿐 근원적 처방이 될 수 없다. 섣부른 예언은 오히려 미혹에 들게 하고 섣부른 답은 상처를 덧나게 할 뿐이다. 그럼에도 불구하고 지금 이 사회는 섣부른 답과 예언들로 가득하고, 개인과 사회의 병증을 더욱 중증으로 몰고 가는 것은 아닌지 염려스럽다. 이런 때 문학만이라도 섣부른 정답이 아닌 웅숭깊은 질문을 하는 그런 자세와 태도를 견지해야 하지 않을까 싶은데, 그런 작품들을 만나는 일이 어쩐지 쉽지 않다.

그런 의미에서 이번 박영희 시집을 읽으며 무척 반가웠다. 삶에 대한 섣부른 예단이 아니라 삶에 대한 진지한 질문을 던지고 있어서 반갑고 나와 타자의 관계에 대한 성찰을 견지하고 있다는 점에서 반가웠다.

2

시집 1부에서는 내 안의 '나들'에 대한 질문이 주를 이룬다. 겉으로 보면 '나는 이런 사람이다'라는 것을 보여주는 듯하지만, 그 속을 들여다보면 이내 '나는 누구이고,

나는 어디서 왔고, 나는 어디로 가는가'라는 질문을 던지고 있는 것이다.

> 유년의 토방에서, 혼자 소꿉놀이하다 사금파리 조각에
> 베이던 순간 빙글거리는 햇살과 유일한 장난감에
> 느꼈던 배신감 아직도 여린 쓰라림이다
> 사춘기 시절, 맞받아쳐줄 반사 벽이 없어
> 변변히 반항도 못 해보고 웃자라버린 영악성이
> 스스로 가여운 내밀한 쓸쓸함이다
> 빛 부신 청춘, 이었노라고 우쭐거릴 수 없는
> 올라가기 힘든 나무에 사다리도 걸쳐보지 못한 앙금
> 이따금 신물이 되어 오르내리는 울렁임이다
> 유치한 채로 사람살이의 진실이 담긴
> 유행가 가사처럼, 어느 곳에서 어떻게 살고 있는지
> 챙겨줄 "살뜰한 당신" 하나 숨겨놓지 못한 숙맥이다
> 남들보다 잘 달리지도 못하고, 이쯤에서 문득 뒤돌아보니
> 이쪽저쪽 감당해야 할 책임만 잔뜩 걸머진 채
> 오도 가도 못 하는 노을빛 아득함이다
> 때때로 일탈을 꿈꾸며 나른하게 울어보고 싶어도
> 눈물샘마저 마르는 건조한 나이를 살고 있고, 살아내야 하는
> 언제 끝날지 모르는 터널에 갇힌, 울어지지 않는 울음이다.
> ―「나는 누구인가」 전문

나이와 상관없이 박영희 시인은 이미 귀가 순해져 무엇을 들어도 곡해하지 않고 순리대로 듣게 되는 시절을 지나 마음이 가는 대로 살아도 법과 이치에 어긋나지 않는 시절에 다다랐다. 그런 연륜임에도 불구하고 정작 본인은 곡해하고 있는 것은 없는지, 순리대로 듣고 있는지, 자신의 삶이 이치에 어긋나지 않았는지 묻고 또 묻는다.

"유년의 토방에서" "느꼈던 배신감 아직도 여린 쓰라림"을 벗어나지 못했다 고백한다. 이제와서 "문득 되돌아보니" "오도 가도 못 하는 노을빛 아득함"으로 "눈물샘마저 마르는 건조한 나이를 살고 있고, 살아내야 하는 / 언제 끝날지 모르는 터널에 갇힌, 울어지지 않는 울음"을 울고 있다고 고백한다. 그러면서 "나는 누구인가"라고 스스로에게 묻고, "한 생애 가까운 지금까지 / 잘 살아왔노라고 / 들숨 날숨 고르게 다스리며 // 끝끝내 길어 올리지 못한 / 정체성은 무엇"(「끝끝내 길어 올리지 못한」)이냐고 묻는 것이다.

그리고 시인은 '나는 누구인가'라는 질문을 던지기 위해 제삼자의 시선으로 자신의 모습을 꼼꼼히 살핀다. 그렇게 살펴서 자신은 이렇게 그리고 있다. 나는 "맥락이 닿지 않는 드라마를 / 보다가도" 눈시울을 적시고, "다큐멘터리를 보면서 / 괜스레 또 열을 받고" "아무도 알아주지 않는데 / 혼자 열받고 혼자 삭"(「나는 왜」)이는 "덧없이 흐른 행서체의 청춘"(「바람」) 같은 사람이다. 나는 또 "향 좋은 먹을 갈아 / 사군자를 치고 / 나무를 그리고, 바위를 앉히고""추상화 같은 금문체 임서臨書도"(「살긴 살지요」) 하고, "빗줄기가 자분자분 / 자꾸만 감겨드는 날"이면 "난蘭을 치고 글을 써보"(「어느 하루」)기도 하고, "이른 새벽 / 풀잎에 노니는 싱싱한 이슬"을 만나고 "한낮의 / 숨가쁜 지열 달래는 소나기에" 섞이기도 하고 "해질녘 / 두런두런 일렁이는 강물에 젖"(「얼뜬 사랑」)는 사람이다. 그러면서 스스로에게 "당신은 잘 견뎌냈습니다"(「오늘 하루」) 하며 자신을 다독이고 "여름 한철 맨살도 슬쩍슬쩍 보이며 / 춘천의 일상을 살아내야지, 또"(「춘천 별곡」) "유채색의 그리움도 함께 앓으며, 춘천을 살아"(「춘천에 살지요」)내야지 하며 자신을 격려하기도 한다.

3

"참 그리운 나" 연작시(8편)와 "한사코 아득한" 연작시(10편)로 구성된 2부는 또 어떤가. 시인은 더 노골적으로 거울 속의 자신을 들여다보고 있다. 거울 속의 자신을 들여다보는 시인의 표정에는 자기 연민이 가득하다.

그토록 많은 어제
나는 무엇을 했을까
>

영수증도 없고

그저 아리송함 뿐

어떡해

까마득하기만 한

내 영혼의 주소.
― 「참 그리운 나 4」 전문

3평도 채 안 되는

한 영혼의 울림 방

신평재新平齋라 이름하는

시행착오의 산실은

느꺼운

절망의 공간

내가 나를 헤집는.
― 「한사코 아득한 1」 전문

"그토록 많은 어제 / 나는 무엇을 했을까"라며 지나온 날들을 되짚어보던 시인은 "내 영혼의 주소"가 "까마득하기만" 하다고 한다(「참 그리운 나 4」). "숱한 어제가 엉크러졌"는데, "손을 쓸 수가 없"다고 한다(「참 그리운 나 2」). "어느 틈에 들이닥친 / 갱년기의 소용돌이"가 공허하다고 한다(「참 그리운 나 3」).

"3평도 채 안 되는 // 한 영혼의 울림 방 // 신평재新平齋라 이름하는 // 시행착오의 산실"이라며 자신(의 삶)을 시행착오의 산실이라 명명한다. 신평재는 시인 본인의 당호이다(「한사코 아득한 1」). 자신이 살아온 길을 "가을을 견디느라" 걸어온 길이고 그러나 결국 "제자리 맴돌면서 // 씨름하던" 순간이라고 한다(「한사코 아득한 2」). "계절은 깊어가고 // 깊을수록" 허해지고 "어떤 이도 // 알 수 없는 속울음"만 운다고 한다(「한사코 아득한 3」). 그리하여 자신(의 삶)은 마침내 "오소소 모이는 소름"이고 "가없는 삶의 카오스"라고 한다(「한사코 아득한 6」).

지금까지 1부와 2부를 통해 시인이 들여다보고 있는 수많은 자기 자신('나들')을 살펴봤다. 어쩌면 우리가 지금 맞닥뜨리고 있는 '나들'이거나 언젠가 맞닥뜨리게 될 '나들'이 아닐까. "가없는 삶의 카오스"(「한사코 아득한 6」)를 벗어나는 길은 결국 그 카오스 속에 나를 온전히 던지는 데 있지 않을까. 끊임없는 질문을 던지면서 말이다. 시인이 결국 우리에게 말하고 싶은 것도 거기에 있지 않을까. 나는 그렇게 읽었다.

4

3부에서는 시인의 시선이 내 안의 '나들'에게서 내 바깥의 '당신들'에게로 넘어간다. 물론 '당신들'을 정의한다기보다는 '나와 당신의 관계'에 주목한다. 여기서 잠깐, 박영희 시인의 시를 읽기에 앞서 먼저 함석헌 선생의 「그 사람을 가졌는가」(1947)라는 시를 읽어보겠다.

"만리길 나서는 날 / 처자를 내맡기며 / 맘 놓고 갈 만한 사람 / 그 사람을 그대는 가졌는가 // 온 세상 다 나를 버려 / 마음이 외로울 때에도 / '저 맘이야' 하고 믿어지는 / 그 사람을 그대는 가졌는가 // 탔던 배 꺼지는 시간 / 구명대 서로 사양하며 / '너만은 제발 살아다오' 할 / 그 사람을 그대는 가졌는가 // 불의의 사형장에서 / '다 죽여도 너희 세상 빛을 위해 / 저만은 살려두거라' 일러줄 / 그 사람을 그대는 가졌는가 // 잊지 못할 이 세상을 놓고 떠나려 할 때 / '저 하나 있으니' 하며 / 빙긋이 웃고 눈을 감을 / 그 사람을 그대는 가졌는가 // 온 세상의 찬성보다도 / '아니' 하고 가만히 머리 흔들 그 한 얼굴 생각에 / 알뜰한 유혹을 물리치게 되는 / 그 사람을 그대는 가졌는

가"(「그 사람을 가졌는가」 전문)

　이 시에서 함석헌 선생은 '그 사람을 가졌는가' 하고 여
섯 번을 묻는다. 여섯 가지의 상황을 예로 들며 그런 사람
을 설명한다. 그러니까 그 사람은 '먼 길을 나서며 처자를
맡길 수 있는 사람', "온 세상 다 나를 버려"도 나를 믿어
주는 사람, 침몰하는 배에서 "너만은 제발 살아다오" 하
며 구명대를 내게 건네주는 사람, 죄 없이 억울한 죽음을
맞았을 때 '세상의 빛을 위해 저 사람만은 살려두라'고 판
관에게 일러줄 사람, 죽음의 문턱에서 '저 하나 있으니'하
며 오히려 나를 위로할 사람, 온 세상이 다 '예'라 하더라
도 당당하게 '아니오'를 외칠 수 있는 사람이다. 그렇다면
이제 다시 박영희 시인의 시로 돌아와서, 3부의 맨 앞에
배치한 두 편의 시(「그냥 손 잡아주는」, 「거기, 누구」)를
읽어보자.

　자지러지는 꽃의 비명 속에서
　느닷없는 천둥 번개의 전율 속에서
　몽환적인 단풍의 밀어 속에서
　무심한 설야의 침묵 속에서

　아무런 까탈도, 따짐도 없는
　그 어떤 나무람도 하지 않는

그냥, 손 잡아주는
무조건 내 편인 사람
그런 사람, 하나 갖고 싶습니다.
— 「그냥 손 잡아주는」 전문

밤이면 부스러기 잠으로
시간을 도막내고 자신을 허물다가

180도 푸른 등으로 아침을 세우며
희망 같은 걸 불러내, 왁자해지기도 했소

슬그머니 보채는 한나절의 속 쓰림을
동류항의 갈증에 비벼 다스려보기도 하며

하루의 허기가 자우룩이 깔리는
어스름 저녁, 각도를 잃은 등
곁을 부축해줄 누구.
— 「거기, 누구」 전문

　함석헌 선생의 시와 물론 내용과 형식에서 다른 시편들
이지만, 분명히 겹치는 지점 또한 발견된다. 겹치는 지점
은 과연 무엇인가. 바로 현실에는 존재하지 않는 '당신들'
하지만 현실에 꼭 존재해주기를 바라는 '당신들'을 제시

하고 있다는 점이다.

물론 존재하길 원하지만 존재하지 않는 '당신들' 중에 근접한 이들도 있긴 하다. "버거운 세상살이, 이쯤 살아낸 / 초로의 딸에게, 천상에서라도" "괜찮다, 괜찮아" 하며 다독거려줄 아버지(「괜찮다」)가 있고, "이제 아흔다섯 살 아기가 되어버렸"(「엄마」)지만, 언제나 "무조건 내 편이 되어주시던"(「붙박이 장」) 엄마가 있긴 하다.

그렇다면 현실에 존재하는, 현실에서 맞닥뜨리게 되는 무수한 '당신들'은 어떤 사람들인가. "꽃을 피우기 위해" 울고 "꽃으로 남기 위해" 우는 사람(「꽃」)이고, "욕망이 욕망에 멀미하"는 사람(「느껴 울다」)이고, "통곡도 못 해 본 채" "흐느끼는" 사람(「억새」)이고, "운명과의 단판 승부를" 하는 사람(「데스매치」)이고, "자신의 날刀에 수시로 베이는" 사람(「모놀로그 1」)이고, "자연의 순리에, 세월의 리듬에 / 발맞추지 못해" 상처 입은 사람(「괜찮다」)이고, "전쟁 같은 밥벌이"에 낙오되지 않기 위해 발버둥치는 사람(「기죽지 마」)이다.

그러나 무엇보다 시인이 말하고 싶은 것은 '당신들'의 모습이 아니다, 오히려 그러한 '당신들'이 내 안의 무수한 '나들'과 한 치도 다르지 않고, '나들'과 '당신들'이 모여서 이 세상이 조금씩 어긋나고 있다는 것을 안타까워하는 것이다.

5

나의 생각과는 다르게 조금씩 어긋나고 있는 세상이지만 그래도 포기할 수는 없는 노릇. 나에 대해 당신에 대해 그리고 나와 당신의 관계에 대해 진지하고 깊은 질문을 이어가다 보면 결국은 '나들'과 '당신들' 그리고 그 둘을 둘러싼 '세계'가 서로 화해하는 그런 세상이 열릴 수도 있지 않을까. 4부에서는 바로 시인의 그런 마음을 담고 있는 듯하다.

산다는 것은
견딘다는 것일까
자신이 원치 않은 목숨이라도
허락받은 그날까지

꿈속까지 따라와, 서걱거리는 그 쓸쓸함을 견디고
절벽처럼 막아 선 안개 속, 그 오리무중을 견디고
느닷없는 한 떨기 사랑, 그 백팔번뇌까지 견디며

그중에 더욱 힘든 것은
스스로를 견디는 것, 스스로의

무게를 견디며, 견디며 그렇게 가는 것일까.

— 「산다는 것」 전문

"산다는 것은" 견디는 것이라는 것을 시인은 언명한다. "쓸쓸함을 견디고" "오리무중을 견디고" "백팔번뇌까지 견디며" 마침내 "스스로를 견디"고 "스스로의 무게를 견디"는 것이라고 한다. 나와 당신의 관계에서 오는 쓸쓸함, 나와 당신의 관계에서 벌어지는 오리무중과 백팔번뇌, 그리고 무엇보다 무수한 '나들'의 무게를 견디는 것이 결국 삶이라고 시인은 말한다. 그러면서 시집의 마지막에 「입관」이라는 시를 배치하고 있다. 궁극적으로 시인이 하고 싶은 말이겠다.

초겨울의 우울을 이고

아이가 잠 든 것처럼
천진스레
누워 있는 주검
남겨진 자의
회한만 공간을 흔들 뿐

개인의 역사 한 페이지
고단했던 마지막 페이지가

조용히 덮여지고 있다

수식어가 필요 없는 생生의 경계

울지 마라, 함부로.
— 「입관」 전문

시인은 지금 누군가의 죽음을 보면서, "개인의 역사 한 페이지 / 고단했던 마지막 페이지가 / 조용히 덮여지고 있다"고 말한다. 나아가 "수식어가 필요 없는 생生의 경계"라 한다. 그러니 "울지 마라, 함부로"라 언명한다.

군이 설명하지 않아도 조금만 생각하면 '세상은 결코 평화롭지 않고, 개인의 삶은 결코 행복하지 않다'는 사실은 자명하다. 인류의 역사 이래 세상은 단 한 번도 평화로운 적이 없었고, 인류의 삶은 결코 행복하지 않았다. 지금도 지구촌 어디에서는 전쟁이 벌어지고 있고, 어디에서는 기아에 허덕이고 있고, 아니 그렇게 멀리 둘러볼 필요도 없이 당장의 우리네 삶도 하루하루 생존을 위한 피 말리는 전쟁을 벌이고 있다. 그뿐인가. 인간의 교만이 쌓아올린 과학기술문명이란 탑도 서서히 무너지고 있다. 코로나19는 단지 징후에 지나지 않는다. 그런데도 우리는 여전히 반성할 줄 모른다. 오히려 거짓 선지자들의 거짓 예언과 편협된 지식인들의 섣부른 처방으로 넘쳐난다. 그런 가운데 박영희 시인의 시집을 읽으면서 호모 소시올로지쿠스(homo sociologicus, 사회적 동물)의 운명을 지닌 우리가 나와 타인과의 관계를 어떻게 유지해야 하는지, 호모 비아토르(homo viator, 여행하는 인간)으로서 우리가 우리의 삶을 어떻게 바라보고 어떤 질문을 해야 하는지에 대해 새삼 돌아볼 수 있어 무척 반가웠다.

박영희 시인은 1987년 등단 이후 활발한 시작 활동을 하였지만, 서예와 문인화라는 예술 작업을 시작하면서 한동안 시의 곁을 떠나 있었다고 들었다. 이번 시집이 세 번째 시집 『그를 훔치다』(2003) 이후 17년 만에 내는 것이라 한다. 먼 길 돌아 다시 시집을 묶는 셈이다. 모쪼록 이번 시집을 계기로 다시 왕성한 시작 활동을 할 수 있었으면 하는 바람이다. 그리하여 서예와 문인화뿐 아니라 시적으로도 더 큰 성취를 이루고 더 많은 독자들과 시심을 나눌 수 있게 되기를 바라본다.

한사코 아득한

1판 1쇄 발행	2020년 12월 10일
지은이	박영희
발행인	윤미소
발행처	(주)달아실출판사
책임편집	박제영
디자인	전형근
마케팅	배상휘
법률자문	김용진
주소	강원도 춘천시 춘천로 17번길 37, 1층
전화	033-241-7661
팩스	033-241-7662
이메일	dalasilmoongo@naver.com
출판등록	2016년 12월 30일 제494호

ⓒ 박영희, 2020
ISBN 979-11-88710-88-1 03810

* 이 도서의 국립중앙도서관 출판예정도서목록(CIP)은 서지정보유통지원시스템 홈페이지(http://seoji.nl.go.kr)와 국가자료공동목록시스템(http://www.nl.go.kr/kolisnet)에서 이용하실 수 있습니다.(CIP제어번호 : CIP2020048937)
* 잘못된 책은 구입한 곳에서 바꿔드립니다.
* 책값은 뒤표지에 표시되어 있습니다.

이 책은 춘천시, 춘천문화재단 후원으로 출간되었습니다.